CWM GWRACHOD

Nofel I Ddysgwyr

A Novel for Welsh learners

Colin Jones

Cwm Gwrachod

Colin Jones

Cyhoeddwyd gan Cadw Sŵn.

www.cadwswn.com

CWM GWRACHOD

Colin Jones BSc

colin.cymru

CWM GWRACHOD

The events, people and places in Cwm Gwrachod are imaginary, in that they exist only in my mind. The funny thing is that as you read this book they will exist in your mind too, but completely through the medium of Welsh.

YSGOL CWM GWRACHOD – WHAT YOU NEED TO KNOW

We start the story in the present tense; I am, you are, etc.

THE PRESENT TENSE

Here's the full run of the present tense. Make sure you're happy with it before moving on.

Dw i – I am

Rwyt ti – You are

Mae e – He is

Mae hi – She is

Dyn ni – We are

Dych chi – You are (plural, formal)

Maen nhw – They are

The patterns in the first chapter are quite simple, but you'll find a huge amount of vocabulary, much of which will be translated in the footnotes of the printed and ebook versions. You'll probably need a dictionary while reading through the book, you also might find yourself looking up a word, then realising that you've already looked this up before, often in the previous paragraph!

I can't overestimate the benefit of this process; it'll really help you grow your Welsh vocabulary. One other thing to note is that the amount of vocabulary in the last few chapters is a lot less than the first few; take that as a measure of your progress!

Now it's time to immerse ourselves in Cwm Gwrachod, and to see what uncanny events are unfolding in this harmless little valley.

1. YSGOL CWM GWRACHOD

Witches' Valley School

Helo. Sam dw i. Dw i'n hoffi rhedeg, nofio a gwylio'r teledu[1]. Ond nid ar yr un pryd[2].

Dw i'n hoffi bwyta siocled, creison[3] a sglodion[4]. Ond eto, nid ar yr un pryd. Mae un brawd gyda fi, Tom, ac un chwaer, Helen. Mae Tom yn boncyrs[5]. Mae Helen yn neis. Mae hi'n hoffi doliau[6]. A phinc.

Dw i'n dod o Aberarthur, ond dw i'n byw yng Nghwm Gwrachod nawr. Dw i wedi symud tŷ.

Dw i'n byw mewn tŷ newydd. Dw i'n hoffi'r tŷ newydd.

---

[1] gwylio'r teledu – watching tv

[2] Nid ar yr un pryd – not at the same time

[3] creison – crisps

[4] sglodion – chips

[5] boncyrs – bonkers

[6] doliau – dolls

Mae ci gyda fi - Arthur. Ci defaid[7] yw Arthur. Mae Arthur yn hoffi cyw iar[8] a reis. Dyw e ddim yn hoffi bwyd cŵn[9].

Dw i'n dechrau yn yr ysgol newydd yfory - Ysgol Cwm Gwrachod. Dw i wedi clywed bod Mr Llewelyn, y pennaeth[10], yn ddewin[11]. Dewin du.

Dw i wedi clywed bod ysbryd[12] yn yr ysgol hefyd. Bois bach![13]

Dw i'n edrych ymlaen at fynd i'r ysgol yfory.

Hwyl.

---

[7] ci defaid – a sheepdog

[8] cyw iar – chicken

[9] bwyd cŵn – dog food

[10] y pennaeth – the head

[11] dewin – a wizard

[12] ysbryd – a ghost

[13] Bois bach – good grief

DYDD LLUN – WHAT YOU NEED TO KNOW

The second chapter is again mainly written in the present tense.

Notice that a lot of the sentences start with

Dw i - I am or I do.

This is a shortened form of 'rydw i' – I am. You might come across the longer form in written Welsh or in more formal situations, but for now we'll just use 'dw i'.

Also notice that when you tell someone your name you can put it at the start of the statement – Sam dw i.

This gets it noticed. By putting a name at the start of a sentence you're giving it more importance. Don't do this in English though, 'Sam I am' will get you turned into a goat by Mr Sosban the English teacher before you can say Llanfairpwllgwyngyllgogerychwyrndrobwllllantysiliogogogoch.

The Negative – Dw i ddim

Dw i ddim yn hoffi sglodion – I don't like chips

Notice the ddim in the negatives. Also, note that all the present tense negatives start with a 'd'. Here's the full run;

Dw i ddim – I don't, I'm not

Dwyt ti ddim - You don't, you're not

Dyw e ddim – He isn't, he doesn't

Dyw hi ddim – She isn't, she doesn't

Dyn ni ddim - We aren't we don't

Dych chi ddim – You don't, you're not

Dyn nhw didm – They don't, they're not

2. DYDD LLUN

Monday

Helo eto. Sam dw i.

Dw i'n hoffi rhedeg, nofio a gwylio'r teledu. Ond nid ar yr un pryd.

Dw i'n hoffi bwyta siocled, cresison a sglodion. Ond eto, nid ar yr un pryd.

Dw i yn yr ysgol newydd. Ysgol Cwm Gwrachod.

Dw i yn ystafell Mr Llewelyn, y Dewin (du). Mae hi'n naw o'r gloch. Mae Mr Llewelyn, y dewin, yn dal[14]. Mae e'n gwisgo dillad[15] du. Mae barf[16] mawr llwyd gyda fe. A ffon[17] gerdded.

---

[14] dal - tall

[15] dillad - clothes

[16] barf – beard

[17] ffon - stick

Mae e'n siarad â'r dosbarth[18]. Dyw e ddim yn hapus. Mae rhywun wedi dwyn[19] ei feic. Mae pawb yn chwerthin[20]. Mae Mr Llewelyn y dewin yn grac[21]. Mae e'n edrych fel balŵn mawr coch. Mae e'n mynd i ffrwydro[22].

Mae e'n siarad,

"Pwy sydd wedi dwyn fy meic?" Dw i eisiau gwybod, plant. Dw i eisiau gwybod nawr. Neu[23]..."

Mae pawb yn y dosbarth yn dawel. Mae pawb yn edrych yn nerfus. Mae pawb yn edrych o'u cwmpas. Mae Mr Llewelyn yn siarad,

"Unwaith eto[24], pwy sydd wedi dwyn fy meic?"

Mae un bachgen yn codi. Paul yw e.

"Syr, dw i wedi symud[25] eich beic. Dim ond jôc oedd e. Mae'r beic yn yr iard."

Mae Mr Llewelyn yn edrych ar Paul. Mae Mr Llewelyn yn gwenu[26].

Mae Mr Llewelyn yn edrych ar y llyfr ar ei ddesg. Llyfr mawr du.

Mae e'n agor y llyfr, ac yn darllen yn uchel[27]. Dw i ddim yn gallu ei glywed e. Ond mae Paul yn gallu. Mae e'n gweiddi[28],

---

[18] dosbarth – class

[19] dwyn - to steal

[20] chwerthin – to laugh

[21] crac, yn grac - angry

[22] ffrwydro – to explode

[23] neu – or

[24] unwaith eto - once again

[25] symud - to move

[26] gwenu – to smile

[27] darllen yn uchel - to read aloud

[28] gweiddi – to shout

"Syr, na!"

Mae mwg[29] du yn llenwi'r ystafell. Mae pawb yn screchian[30]. Mae'r mwg yn mynd, ac mae broga[31] yn eistedd ar gadair Paul.

Mae hi'n bedwar o'r gloch. Dw i'n cerdded adref. Dw i eisiau gweld mam. Dw i ddim yn hoffi Ysgol Cwm Gwrachod. Dw i ddim yn hoffi Mr Llewelyn. Dw i ddim eisiau mynd i'r ysgol yfory.

Bois bach!

---

[29] mwg - smoke

[30] screchian – to scream

[31] broga - frog

ARTHUR – WHAT YOU NEED TO KNOW

Dw i - I am/I do

Mae e - He is

Mae hi - She is

Mae Mr Llewelyn - Mr Llewelyn is

Mae pawb - Everyone is...

Let's take a look at a verb; darllen – to read.

'darllen' means to read. If we put 'yn' before it it becomes 'reading'. It's similar to adding an 'ing' to the end of a verb in English. Notice that 'yn' shortens to ''n' after a vowel, just like 'I am' shortens to I'm in English.

Notice too that the order of words is different in Welsh:

Llyfr mawr coch - a big red book

We put the thing (the noun) first, then we add the description.

One more thing...

You might have noticed that there are two ways of saying 'you are'

'Rwyt ti' and 'Dych chi'

We use 'rwyt ti' to talk to a friend and 'dych chi' to talk to more than one person or someone we don't know that well. 'Chi' is actually the plural of 'ti', which most languages have.

3. ARTHUR

Mae ci gyda fi.

Wel, a dweud y gwir[32] mae ci gyda ni. Arthur.

Ci defaid[33] yw Arthur. Mae Arthur yn hoffi cyw iar a reis. Ond dyw e ddim yn hoffi bwyd cŵn[34].

Mae e'n hoffi pysgod a sglodion[35], cyri a reis.

A dweud y gwir mae Arthur yn hoffi popeth ond bwyd cŵn.
Mae Arthur yn gi hyfryd. Mae e'n hoffi rhedeg yn y parc ac yn neidio i'r dŵr.

Mae Arthur yn hoffi mynd am dro ar y mynydd ac yn yfed dŵr o'r afon.
Mae e'n hoffi Tom, Helen, mam a fi. Mae Arthur yn gofalu amdanon ni.[36] Mae Arthur wedi bod gyda ni ers[37] i dad fynd.

---

[32] a dweud y gwir - to tell the truth

[33] ci defaid - a sheepdog

[34] cŵn - dogs

[35] pysgod a sglodion - fish and chips

[36] gofalu amdanon ni - look after us

[37] ers - since

Dw i ddim yn gwybod[38] ble mae dad. Dyw mam ddim yn gwybod chwaith[39]. Mae dad wedi diflannu[40].

Dw i eisiau gweld dad eto. Dyn ni eisiau gweld dad eto.

Dyn ni i gyd yn gweld eisiau[41] dad.

---

[38] gwybod - to know a fact

[39] chwaith – either

[40] diflannu – to disappear

[41] gweld eisiau - to miss

4. DYDD MAWRTH

Tuesday

Dydd Mawrth. Mae hi'n hanner awr wedi un – amser cinio[42]. Dyn ni'n cael cyri a reis. Blasus[43] iawn.

Dw i'n eistedd gyda Mari, Siôn a Paul (y broga). Mae Paul yn cael salad a sôs coch[44]. Mae e'n eistedd ar y bwrdd. Mae mam a dad Paul wedi anghofio[45] amdano fe. Hud Mr Llewelyn eto, siwr o fod.

Mae Mari yn siarad, 'Mae rhaid i ni[46] wneud rhywbeth[47]. neu pwy a ŵyr[48] beth bydd yn digwydd[49]?'

'Oes,' mae Siôn yn ateb, 'ond beth?'

---

[42] amser cinio - dinner time

[43] Blasus - tasty

[44] sôs coch - tomato sauce

[45] anghofio - to forget

[46] mae rhaid i ni - we must

[47] rhywbeth - something

[48] pwy a ŵyr - who knows

[49] digwydd – to happen

Mae Paul yn neidio lan a lawr. Mae e'n cropian[50] trwy'r sôs coch.

"Edrychwch!" mae Siôn yn dweud, "Mae e'n ysgrifennu rhywbeth!"

Mae Siôn yn dweud y gwir, mae Paul yn ysgrifennu ar y plât gyda'r sôs coch.

Mae e'n sillafu[51] rhywbeth...

Ll-y-f-r

O'r gorau[52], dyn ni'n gwybod beth i'w wneud.

Mae rhaid i ni ddwyn llyfr Mr Llywelyn, ond sut?

---

[50] cropian - to crawl

[51] sillafu - to spell

[52] o'r gorau - ok, allright

DYDD MERCHER – WHAT YOU NEED TO KNOW

We can make Welsh a lot simpler than some people would like:

Dw i - I am or I do.

Dw i'n byw yn Aberarthur.

Dw i'n coginio.

We can also add wedi to say what has happened:

Dw i wedi bwyta - I have eaten

Amazingly, we can also say what's going to happen, simply by adding 'mynd i'

Dw i'n mynd i fwyta - I'm going to eat.

If you've been following along you can now say pretty much anything you want to in Welsh. Of course there are other ways of saying things in the past and future, which Welsh tutors are all too keen for you to learn. But remember that you can always use what we've done up till now, so you can always say something quickly and easily.

5. DYDD MERCHER

Wednesday

Mae Siôn, Mari, Paul a fi wedi penderfynu[53]. Mae rhaid i ni ddwyn llyfr hud[54] Mr Llewelyn.

Ro'n ni'n trafod[55] y cynllun[56] neithiwr yn fy nhŷ. Roedd Arthur yn cysgu o flaen[57] y tân ac roedd mam yn coginio swper yn y gegin.

Roedd Tom a Helen yn edrych ar y teledu ac yn bwyta creision.

Dyn ni wedi gwneud cynllun[58]: Yn ein gwers nesaf mae Paul yn mynd i neidio[59] ar ddesg Mr Llewelyn. Tra bod Mr Llywelyn yn gweiddi ar Paul (y broga) mae Mari yn mynd i ddweud joc 'cnoc cnoc' yn uchel[60] iawn. Mae Siôn

---

[53] penderfynu – to decide

[54] hud - magic

[55] trafod - to discuss

[56] cynllun - plan

[57] o flaen - in front of

[58] cynllun – a plan

[59] neidio - to jump

[60] uchel - loud

yn mynd i besychu[61], wedyn mae e'n mynd i gwympo drosodd[62], a gweiddi am help.

Dyn ni'n mynd i ddrysu[63] Mr Llewelyn.

Gobeithio[64].

Pan mae Mr Llewelyn yn helpu Siôn dw i'n mynd i ddwyn y llyfr.

Dw i'n mynd i redeg i ffwrdd, cuddio[65]'r llyfr a dod yn ôl i'r dosbarth.

Hawdd[66].

Croesi bysedd[67].

---

[61] pesychu – to cough

[62] cwympo drosodd - to fall over

[63] drysu - to confuse

[64] gobeithio - hopefully

[65] cuddio – to hide

[66] hawdd - easy

[67] bysedd - fingers

6. DYDD IAU

Thursday

Dw i yn yr ysgol - dosbarth Mr Llewelyn. Mae hi'n bwrw glaw. Mae Mr Llewelyn yn ysgrifennu ar y bwrdd[68]. Mae Siôn, Mari, a fi yn aros[69]. Dyn ni'n aros am Paul. Dych chi'n cofio'r cynllun?

Mae llyfr Mr Llewelyn ar y silff. Dyn ni'n edrych ar Paul, y broga. Mae e'n symud...

...yn sydyn mae e'n neidio dros y llawr ac yn glanio ar ddesg Mr Llewelyn. Mae pawb yn chwerthin. Mae Mr Llewelyn yn edrych o'i gwmpas.

"Beth yn y byd?" mae e'n gweiddi, "Beth sy'n digwydd?"

Mae Mari yn codi,

"Cnoc, cnoc syr" mae hi'n dweud.

Mae Mr Llewelyn wedi drysu. "Mari Roberts! Eistedda ar unwaith!"

---

[68] bwrdd - board, table

[69] aros – to wait

Mae Mr Llewelyn yn grac. Mae Siôn yn pesychu, yn gweiddi," help!" ac yn cwympo i'r llawr.

Dw i'n rhedeg at y llyfr ar y silff. Dw i'n cyrraedd[70] y silff, yn dal y llyfr ac yn clywed[71];

"Sam!"

Mae e wedi fy ngweld i[72]. Mae Mr Llewelyn wedi fy ngweld i.

Bois bach!

---

[70] cyrraedd - to arrive

[71] clywed – to hear

[72] Mae e wedi fy ngweld i - He's seen me

Y FFON HUD – WHAT YOU NEED TO KNOW

Mae rhaid i fi - I must

Mae rhaid i fi fynd - I've got to go/I must go.

Notice how the word 'mynd' has changed to 'fynd' after the 'i fi'. Don't worry, we'll look into this sort of malarkey later on, for now it's the 'rhaid i fi' that we're looking at.

Mae rhaid i ti - you must

If we want to say 'you must' instead of 'I must' we just change the 'fi' to 'ti'

Mae rhaid i ti ganu - You must sing.

7. Y FFON HUD

The Magic Wand

Dydd Iau, dosbarth Mr Llewelyn. Dw i'n crynu[73]. Dw i wedi dwyn llyfr hud Mr Llywelyn, ond mae Mr Llywelyn wedi fy ngweld i. Dw i'n rhedeg allan o'r dosbarth. Dw i'n gallu clywed Mr Llewelyn. Mae e'n gweiddi. Mae ffon yn ei law - ffon hud.

“Sam," mae e'n dweud, “paid a bod yn dwp[74]. Mae rhaid i fi gael y llyfr. Mae rhaid i ti wrando -

Nawr, neu - "

Mae e'n codi'r ffon a dw i'n gwnued rhywbeth twp[75].

Dw i'n edrych yn ôl[76] - ac yn cwympo! Bois bach! Mae Mr Llewelyn yn gweiddi, mae e'n codi'r ffon hud. Mae e’n grac.

---

[73] crynu – to shake, quake

[74] twp - stupid

[75] rhywbeth twp – something silly

[76] yn ôl - back

Ond dw i'n clywed cyfarth[77] - mae Arthur yma! Ie - Arthur, fy nghi. Dw i ddim yn gwybod pam. Dw i ddim yn gwybod sut, ond mae Arthur yma, ac mae e'n neidio ar gefn Mr Llewelyn.

Mae Mr Llewelyn yn cwympo i'r llawr, ac mae ei ffon hud yn torri[78]. Mae flach[79], a gwynt[80] mwg yn yr awyr.

Mae popeth[81] yn mynd yn ddu.

---

[77] cyfarth - bark

[78] torri - to break

[79] flach – a flash

[80] gwynt - wind, smell

[81] popeth - everything

8. DYDD GWENER

Friday

Dw i yn y tŷ. Dw i yn y gwely. Dw i ddim yn teimlo'n iawn[82]. Mae pen tost[83] 'da fi. Dw i'n agor fy llygaid[84], ac yn gweld Arthur. Ond mae Arthur yn newid[85]... Mae popeth[86] yn newid. Ydw i'n cysgu neu beth? Mae Arthur yn newid i - Dad!

"Dad? Beth yn y byd[87]?"

"Mae popeth yn iawn, Sam" Mae dad (neu Arthur) yn dweud, "Mae popeth yn iawn nawr. Dw i yma nawr. Dw i yn ôl."

Ac mae dad yn dweud y stori.

Dwy flynedd yn ôl roedd dad yn gweithio fel - wel, stori arall yw hynny, meddai[88] dad. Ond roedd Mr Llewelyn wedi troi dad yn gi - Arthur. Ac roedd

---

[82] teimlo'n iawn - to feel right

[83] pen tost - headache

[84] llygaid - eyes

[85] newid – to change

[86] popeth - everything

[87] Beth yn y byd? - What in the world?

[88] meddai dad - dad said

Arthur wedi dod i'r tŷ i ofalu amdanon ni. Ond nawr mae dad yn ôl, ac mae Paul yn ôl hefyd, ond mae'n dal i hoffi neidio. Rhyfedd[89] iawn.

Dyna fy wythnos gyntaf[90] yn yr ysgol felly. Rydw i'n mynd yn ôl yr wythnos nesaf.

Bois bach!

---

[89] rhyfedd - strange

[90] cyntaf - first

COED Y NOS – WHAT YOU NEED TO KNOW

Ro'n i - I Was

Dw i - I am

Ro'n i - I was.

So:

Dw i'n bwyta - I'm eating

Ro'n i'n bwyta - I was eating.

Dw i yn yr ysgol - I'm in school

Ro'n i yn yr ysgol - I was in school

9. COED Y NOS

Nightwood

Roedd hi'n noson braf. Ro'n i'n cerdded adref. Ro'n i'n cerdded trwy'r coed. Coed y Nos. Roedd y lleuad[91] yn llawn. Roedd y sêr[92] yn disgleirio[93]. Doedd neb o gwmpas. Neb ond fi. Ond roedd sgrech[94] yn y pellter[95].

Do'n i ddim yn hapus. Do'n i ddim yn hapus o gwbl[96]. Doedd neb o gwmpas - neb ond fi - a Mr Llewelyn! Roedd Mr Llewelyn yn sefyll yn y coed. Roedd e'n grac.

"Sam - Dw i wedi colli fy swydd o achos ti. Dw i eisiau siarad - rwyt ti wedi dwyn fy llyfr. Fy llyfr i, Sam, Ble mae fy llyfr?"

Roedd ffon gyda fe - ffon hud. Roedd e'n gwenu. Roedd rhaid i fi redeg. Roedd rhaid i fi ddianc. Roedd rhaid i fi sgrechian[97] - ac aeth popeth yn ddu.

---

[91] lleuad - moon

[92] sêr - stars

[93] disgleirio – to shine

[94] sgrech - a scream

[95] pellter - distance

[96] o gwbl – at all

[97] sgrechian - to scream

Ro'n i yn y gwely. Dim ond hunllef[98] oedd e. Ond Mr Llewelyn - Ble mae e nawr?

[98] hunllef - nightmare

ROEDD – WAS

You'll remember:

Dw i - I am

Ro'n i - I was

Bod is the verb (doing word) 'to be', from which we get 'I am' 'You are' etc.

Here's the full run of this past tense. It's handy to know, although you can also use Dw i wedi (I have), etc for a similar past tense.

Ro'n i - I was

Ro't ti - You were (remember - use ti with a friend)

Roedd e - He was

Roedd hi - She was

Ro'n ni - We were

Ro'ch chi - You were

Ro'n nhw - They were

FORMING QUESTIONS IN THE PAST TENSE

To ask if someone was doing something with this tense you take off the 'r' from the start of the sentence.

Ro't ti - You were

O't ti - Were you?

O't ti'n bwyta? Were you eating?

The correct answer to this is 'O'n' - I was, or 'Nac o'n' - I wasn't

10. YN YR YSGOL ETO

In School again

Mae hi'n ddydd Llun. Dw i yn yr ysgol eto. Dyma fy ail[99] wythnos yn Ysgol Cwm Gwrachod. Ro'n i'n brysur iawn yr wythnos diwethaf[100]. Dw i wedi bod yn poeni[101] am ddod yn ôl i'r ysgol.

Mae llawer[102] o bethau[103] wedi digwydd[104]. Ac mae Mr Llewelyn wedi mynd. Ond ble? Dyn ni yn y neuadd[105]. Mae Mrs Jenkins-Jones yn siarad.

"Croeso nôl, plant. Croeso nôl i'r ysgol. Dw i'n gwybod eich bod chi'n nerfus. Ond mae Mr Llewelyn wedi mynd. Fi yw'r pennaeth nawr - dros dro[106]. Ydy pawb yn hapus? Ydy unrhyw un[107] eisiau gofyn cwestiwn?"

---

[99] ail – second

[100] diwethaf - last, previous

[101] poeni - to worry

[102] llawer - many

[103] pethau - things

[104] digwydd – to happen

[105] neuadd - hall

[106] dros dro - temporary

[107] unrhyw un - anyone

Mae Paul yn codi ei law[108].

"Ydw, Mrs Jenkins-Jones. Dw i eisiau gofyn cwestiwn. Ble mae Mr Llewelyn nawr, os gwelwch yn dda?"

Mae Mrs Jenkins-Jones yn edrych yn syn[109]. Ac wedyn mae popeth yn mynd yn dawel[110], ac yn oer. Mae brân[111] yn hedfan[112] trwy'r ffenest. Mae hi'n hedfan o gwmpas y neuadd. Mae Mrs Jenkins-Jones yn troi yn wyn. Mae'r frân yn glanio[113] ar ei hysgwydd[114], ac mae Mrs Jenkins-Jones yn cwympo i'r llawr.

---

[108] llaw - hand

[109] syn – surprised

[110] tawel - quiet

[111] brân - crow

[112] hedfan - to fly

[113] glanio - to land

[114] ysgwydd - shoulder

11. Y FRÂN

The Crow

Dyn ni yn y neuadd. Mae brân wedi hedfan trwy'r ffenest. Mae Mrs Jenkins-Jones wedi cwympo i'r llawr. Mae hi mewn sioc.

Mae hi'n crynu fel deilen[115]. Mae hi'n chwysu[116]. Dw i ddim yn gwybod pam. Dim ond brân yw hi, wedi'r cwbl. Mae'r frân yn glanio ar y llwyfan[117], ac yn edrych o'i chwmpas. Mae pawb yn dawel.

Ond wedyn mae Paul yn gweiddi,

"Edrychwch! Mae'r frân yn cerdded at y llyfrau. Llyfr Mr Llewelyn- Mae hi eisiau'r llyfr!"

Ond dyw'r llyfr ddim yno. Mae Mrs Jenkins-Jones yn rhedeg allan. Ac mae'r frân yn hedfan trwy'r ffenest, dros y bryniau[118], i Goed y Nos.

Yn y neuadd mae rhywun yn galw -

---

[115] deilen – a leaf

[116] chwysu – to sweat

[117] y llwyfan - the stage

[118] bryniau - hills

“Sam, Paul, dewch[119] gyda fi! Dyn ni’n mynd i Goed y Nos. Mae rhaid i ni."

Dw i'n edrych o’n nghwmpas[120]. Dad yw e - dad. Mae e’n gwisgo cot fawr ddu a sbectol haul[121]. Cŵl[122]. Ond beth sy’n digwydd?

Beth yn y byd?

---

[119] dewch - come (command)

[120]o gwmpas - around

[121] sbectol haul - sunglasses

[122] cŵl - cool

I'R COED - WHAT YOU NEED TO KNOW

Mae rhaid i fi - I must

Mae rhaid i ti - You must

Mae rhaid i John - John must

Mae rhaid iddo fe - He must

Mae rhaid iddi hi - She must

Mae rhaid i ni - We must

Mae rhaid i chi - You must

Mae rhaid iddyn nhw - They must

12. I'R COED

Into the Wood

Dyn ni'n rhedeg - dad, Paul a fi. Dyn ni'n rhedeg i Goed y Nos. Dw i ddim yn gwybod pam. Dyw dad ddim wedi dweud[123] llawer[124]. Ond mae e'n gwybod pam.

"Ble dyn ni'n mynd, dad?" dw I'n gofyn, "A pham?"

Mae dad yn stopio. Mae e'n troi. Mae e'n edrych arna i.

"Sam," mae e'n dechrau, "Mae rhaid i ni ddal Llewelyn, neu pwy a ŵyr beth fydd yn digwydd."

"Ni?" Fi sy'n siarad nawr, "Mae rhaid i *ni* ddal Mr Llewelyn?"

"Oes, Sam. Ti, a Paul a fi. Mae rhaid i ni ddal Llewelyn. Mae Paul yn gryf, dyw Llewelyn ddim yn gallu effeithio[125] arno fe eto. Fydd ei hud ddim yn gweithio ar Paul am amser hir."

---

[123] dweud - to say

[124] llawer – a lot

[125] effeithio - effect

“Ond beth amdana i dad?” Dw i'n gofyn eto. “A beth amdanat ti?”

“Mae’n amser i ti wybod Sam. Mae pwerau[126] gyda ti. Ond dwyt ti ddim wedi sylweddoli[127] eto.”

“Pwerau? Sut, dad?”

“Achos rwyt ti’n dilyn[128] dy dad Sam, rwyt ti’n dilyn dy dad.

---

[126] pwerau - powers

[127] sylweddolu - to realise

[128] dilyn - to follow

SOFTENING 1

Words change in Welsh. You've noticed it before.

Look at the second sentence from the last story:

Dyn ni'n rhedeg i Goed y Nos.

We know that the wood is called 'Coed y Nos', not 'Goed y Nos'. That could confuse some people, but not you. You've probably noticed this earlier on in the stories, and they haven't been mistakes. Probably.

It's time that we looked at these word changes. We'll make it as easy as we can. Read the following aloud:

Tondu - Dw i'n mynd i Dondu.

Caerdydd - Dw i'n mynd i Gaerdydd.

Porthcawl - Dw i'n mynd i Borthcawl.

The secret to softening words is to think of the sounds, not the names of the letters. That's because Welsh really only works in speech. It was spoken for thousands of years before anyone wrote it down, so the sound changes really only work aloud.

13 Y GWIR

The Truth

Dyn ni yn y coed - Coed y Nos. Mae dad, Paul a fi wedi rhedeg i Goed y Nos. Dyn ni'n chwilio[129] am Mr Llewelyn, y dewin. Ond pam? Pam yn y byd mae dad eisiau dal Mr Llewelyn? Mae rhaid i fi ofyn.

"Dad?" Dw i'n dechrau, "Beth sy'n digwydd? Beth wyt ti'n wneud?"

Mae dad yn edrych arna i. Mae e'n gwenu. Mae e'n dechrau siarad,

"Sam, mae'r amser wedi dod. Mae rhaid i ti wybod y gwir. Dyn ni ddim fel pawb arall, Sam. Dyn ni'n arbennig[130], ti a fi. Mae pwerau hud[131] gyda ni."

"Wyt ti'n ddewin, dad?" Dw i'n gofyn.

Mae dad yn ateb, "Ydw Sam, dw i'n ddewin. Dewin gwyn. A rwyt ti -"

Fi sy'n siarad nawr, "Dw i'n wrach[132], ond ydw i?"

"Wyt Samantha, rwyt ti'n wrach wen."

---

[129] chwilio - to search

[130] arbennig - special

[131] pwerau hud - magic powers

[132] gwrach – a witch

MALE AND FEMALE

Just as in English, a dewin – wizard is male, while a gwrach – witch, is female.

Notice that we say dewin gwyn - a white wizard, but gwrach wen - a white witch. We use gwen for feminine words and gwyn for masculine ones, much like Gwyn is a boy's name and Gwen a girl's.

14 PERYGL!

Danger!

Dyn ni yn y coed - dad, Paul a fi . Mae dad wedi dweud fy mod i'n wrach. Dw i ddim yn teimlo fel gwrach. Dim eto.

Mae dad yn gweiddi - 'Sam, Paul - edrychwch! Llewelyn!"

Mae Mr Llewelyn yma - rhywle. Dw i ddim yn gwybod ble. Dim eto.

Mae brân yn hedfan uwchben[133]. Mae flach yn yr awyr, mae swn ofnadwy, ac mae dad yn rhewi[134]. Dyw e ddim yn gallu symud. Ond mae e'n gallu siarad.

"Sam, Paul - rhedwch!"

Rhy hwyr. Mae'r frân yn glanio, ac yn newid i - Mr Llewelyn. Mae ffon hud gyda fe. Mae e'n chwerthin. Mae e'n codi ei ffon - o na. Mae gwynt mwg yn yr awyr.

Mae dad yn gweiddi, "Sam - Rwyt ti'n wrach, cofia. Defnyddia dy hud!"

"Ond dad, dydw i ddim yn gwybod sut!" Dw i'n dweud.

---

[133] uwchben - above

[134] rhewi – to freeze

"Mae rhaid i ti ddysgu, Sam - nawr!"

SOFTENING 2

We've done some work on softening (The Soft Mutation) before

Tondu - Dw i'n mynd i Dondu.

Caerdydd - Dw i'n mynd i Gaerdydd.

Porthcawl - Dw i'n mynd i Borthcawl.

The secret to softening words is to think of the sounds, not the names of the letters. Here are the other letter changes:

d - dd

g -* disappears

b - f

ll - l

rh - r

m - f

The more you look for these letter changes the more you'll notice them. They're always caused by the words before them. So if a word can soften after 'i'- (to) or 'o' (from) it will. Notice that this is after the words 'i' meaning 'to' and 'o' meaning 'from. It doesn't happen every time after the letters 'o'and 'i'.

We often see this in place names:

Pencoed - Dw i'n mynd i Bencoed

It's not only place names that change, though;

Dw i'n mynd i fyw yn Abertawe - I'm going to live in Swansea.

Notice that the byw has changed after the i, meaning 'to'.

15 Y LLYFR HUD

The Spellbook

Dyn ni yn y coed - dad, Paul a fi. Mae Mr Llewelyn, y dewin du, wedi taro[135] dad gyda'i hud. Dyw dad ddim yn gallu symud.

Mae Mr Llewelyn yn codi ei ffon hud. Mae e'n ei anelu[136] ata i. Dw i'n dechrau rhedeg. Mae rhaid i fi redeg. Mae rhaid i fi ddianc. Mae flach[137] yn yr awyr ac mae golau[138] glas yn saethu[139] o'r ffon.

Mae'r golau yn dod ata i. Dw i ddim yn gwybod beth i wneud. Ond mae Paul yn. Mae e wedi dod â[140] llyfr Mr Llewelyn, Mae e'n taflu'r llyfr ata i. Mae Mr Llewelyn wedi ei weld e.

"Paul, y twpsin!" Mae e'n gweiddi ac yn saethu'r golau eto.

Mae'r golau glas yn taro Paul. Mae e'n cwympo i lawr. Mae Mr Llewelyn yn chwerthin. Dyw e ddim yn edrych arna i.

---

135 taro – to strike

136 anelu - to aim

137 flach - flash

138 golau - light

139 saethu – to shoot

140 dod â - to bring

Dw i'n rhedeg i'r coed. Coed y Nos. Mae rhiad i fi gael amser. Amser i ddarllen y llyfr, amser i ddysgu.

Dw i'n gallu clywed dad yn gweiddi - "Y llyfr, Sam! Tudalen[141] dau ddeg -"

Ond wedyn mae sgrech ofnadwy[142] ac mae dad yn mynd yn dawel.

Bois bach!

---

[141] tudalen - page

[142] ofnadwy - terrible

16 BWRW HUD

Casting Spells

Dw i'n cuddio[143] yn y coed. Dw i'n gallu clywed Mr Llewelyn yn chwerthin ac yn gweiddi, "Dere yma Sam. Dere i weld dy dad."

Mae rhaid i fi ddarllen y llyfr. Tudalen dau ddeg rhywbeth. Roedd dad wedi dweud. Dw i'n darllen y tudalennau yn gyflym[144]:

'Dau ddeg- Troi[145] yn Aderyn[146]'. Neis, ond dyw aderyn ddim yn gallu gwneud llawer.

'Dau ddeg un - Gweld yn well'

Dim diolch.

'Dau ddeg dau – Gwenwyn[147]'

Dim amser .

---

[143] cuddio - to hide

[144] cyflym - quickly

[145] troi - turn

[146] aderyn – a bird

[147] gwenwyn - poison

'Dau ddeg tri - Sgrech Farwol[148]'

Braidd yn ormod[149], dw i'n meddwl. Dw i ddim eisiau lladd[150] Mr Llewelyn, ydw i?

'Dau ddeg pedwar - Cwsg[151] Hud'

Perffaith! Dw i'n darllen y geiriau yn uchel. "Cwsg hud, cwsg trwm[152]

Cwsg hir, fel plwm[153] - Mr Llewelyn!"

Ond - "Ddim yn gweithio, Sam. Ddim yn gweithio!" Mae e'n gweiddi.

Mae e'n gallu fy ngweld i nawr. Un funud. Mae syniad[154] 'da fi. Dw i'n dechrau eto -

"Cwsg hud, cwsg trwm. Cwsg hir, fel plwm - Llewelyn!"

Ac mae e'n cwympo i gysgu. Mae e o dan hud. Ond beth am Paul, a dad?

---

[148] Sgrech Farwol - scream of death

[149] gormod – too much

[150] lladd - to kill

[151] cwsg - sleep

[152] trwm - heavy

[153] plwm - lead

[154] syniad - idea

SOFTENING 3

We've noticed that words soften (if they can) after 'i' (to) and 'o' (from):

Dw i'n mynd i Dondu.

Dw i'n dod o Gaerdydd.

Remember to think of the sounds of the letters, not the names. Now, what's a bridge in Welsh? Pont. What's Bridgend in Welsh? Penybont

Notice that the pont in Penybont - Pen-y-bont (the end of the bridge) has softened to bont, after the 'y' meaning the.

Pont - Y Bont

Cath - Y gath

But -

Ci - Y Ci

Tricky. Things (nouns) in Welsh are either male or female. The ancient Celts had no idea of a lifeless 'it'. Here's the rule with softening:

Feminine (female) nouns soften after 'y' and 'un'. Masculine (male) nouns don't. So

y ci, but y gath.

How do you know when a thing is male or female? Your ear tells you. If you know the place name Pen-y-bont in Welsh you'll always say 'y bont'.

The more Welsh you speak the easier softening becomes.

17 YR HEDDLU

The Police

Dyn ni yn y coed. Paul, dad, Llewelyn a fi. Mae Paul yn iawn, ond mae dad yn cysgu. Dyw Llewelyn ddim yn anadlu[155].

Mae ofn arna i. Mae'r heddlu yma - PC Jones.

Mae hi'n gofyn cwestiynau, "Pwy wyt ti?"

"Samantha Tywyll"

"Ble wyt ti'n byw?

"13 Cwrt y Brenin, Cwm Gwrachod"

"Pwy yw'r dyn?"

"Dad."

"A'r dyn arall?"

"Mr Llewelyn."

---

[155] anadlu – to breathe

"Ble mae dy fam?"

"Dw i ddim yn gwybod. Yn y gwaith, efallai."

Dw i'n poeni. Dw i ddim yn gwybod beth I'w ddweud. Ond, wrth lwc mae dad yn dihuno[156]. Mae e'n iawn hefyd. Hwré! Mae e'n codi, ac yn cerdded at y PC. Mae e'n dangos cerdyn iddi hi.
Mae hi'n siarad, "O, dw i'n gweld. Y Cynghrair[157]. Do'n i ddim yn gwybod, syr. Mae'n flin 'da fi. Hwyl nawr."

Ac mae hi'n mynd. Heb ddweud gair arall. Beth yn y byd yw'r Cynghrair? Mae rhaid i fi wybod.

[156] dihuno – to wake up

[157] Cynghrair - league

Y CYNGHRAIR - WHAT YOU NEED TO KNOW

Remember;

Dw i wedi - I have

Ro'n i - I was

Ro'n i yn y dref neithiwr – I was in town last night

18 Y CYNGHRAIR

The League

Dw i'n dechrau deall. Mae dad yn esbonio[158] popeth, ond mae'n anodd credu.

Mae Llywelyn yn iawn. Does dim rhaid i fi boeni. Does dim problem. Dyw e ddim yn anadlu, ond mae e'n iawn. Rhyfedd[159].

Mae e wedi rhewi[160] mewn amser. Dw i wedi rhewi dewin du mewn amser. Da, ond yw e?

Dyw fy mywyd ddim yn mynd i fod yr un peth eto. Byth.

Mae dad yn y Cynghrair. Y Cynghrair Lledrith[161]. Dewiniaid a gwrachod sy'n cadw'r byd yn ddiogel[162]. Mae'n anodd credu, ond yw e?

Ond mae mwy – dw i'n mynd i fod yn y Cynghrair. Mae rhaid i fi sefyll arholiad[163]. Mae rhaid i fi ddangos fy mod i'n ddigon da.

---

[158] esbonio - to believe

[159] rhyfedd - strange

[160] rhewi - to freeze

[161] lledrith - illusion

[162] diogel - safe

[163] arholiad - exam

Ond dim eto. Dw i wedi blino nawr. Mae e wedi bod yn ddiwrnod mawr.

Mae rhaid i fi fynd i'r gwely. Mae rhaid i fi ymlacio. Ond dw i'n edrych ymlaen. Yn fawr iawn.

Hwyl.

ALSO AVAILABLE FROM CADW SŴN

Coed y Brenin – Nofel Aberarthur i Ddysgwyr

Croeso i Aberarthur, pentref bach cysglyd yn y De. Mae llawer o bobl yn byw yma, ac mae stori gyda phob un. Credwch chi fi.

Welcome to Aberarthur, a small sleepy village in the South. Lots of people live here, and each has a story. Believe you me.

Apparently Aberarthur is a fictional village, in that it exists only in my mind. The funny thing is that as you read this book it will exist in your mind too, but entirely through the medium of Welsh.

The Cadw Sŵn Home-Study Welsh Course

Comprising a printed course book, together with 20 lessons of audio recordings on DVD or BluRay disk, Cadw Sŵn is a complete home-study Welsh course. Suitable for beginners, or as a revision aid, the course uses stories and classical music to ease and speed your learning. Each lesson has a story, printed in Welsh and English so you always have all the vocabulary to hand. Classical music helps relax and ease the story into your memory.

It took me years to write and perfect, and it'd be the way I'd choose to learn Welsh if I needed to. More details from www.cadwswn.com

The Cadw Sŵn Welsh Vocabulary Booster App

For Apple and Android tablets and phones.

Available as a free version, and an expanded but inexpensive deluxe edition, this app is a fun way to boost your Welsh Vocabulary, hence the title. The app takes the form of a quiz, with audio and graphics. Hundreds of words, even in the free edition, ensure that your vocabulary expands while you're having a moderate amount of fun. I recorded the audio and even did some nice little drawings, so it's well worth a look.

Simple Welsh in an Hour of Your Time

This is a really short book, which gives you the basics of Welsh in an effective and efficient way, taking as short a time as possible. You can use it if you're a complete beginner, or as a revision aid if you're already on the road to fluency. Or maybe if you just find yourself in a rut, and would like a bit of help moving on. Available worldwide on amazon as a printed paperback or Kindle ebook.

The idea is simple; by spending around an hour on this book, with breaks in between chapters, you should be able to master a very simple form of Welsh. A simple form that will let you say what you, or anyone else, is doing, has done, or is going to do, including the negative and question forms.